Os pares de sapato não acompanham as quedas

Os pares de sapato não acompanham as quedas

Maria Eugênia Moreira

REFORMATÓRIO

Copyright © 2023 Maria Eugênia Moreira
Os pares de sapatos não acompanham as quedas
© Editora Reformatório

Editor
Marcelo Nocelli

Revisão
Pamela P. Cabral da Silva
Natália Souza

Imagem de capa
Márcio Júnior

Capa
Gustavo Nieri

Editoração eletrônica
Negrito Produção Editorial

Dados Internacionais de Catalogação na Publicação (CIP)
Bibliotecária Juliana Farias Motta (CRB 7/5880)

Moreira, Maria Eugênia
    Os pares de sapato não acompanham as quedas / Maria Eugênia
Moreira. – São Paulo: Reformatório, 2023.
    64 p.: 12 x 19 cm

    ISBN 978-65-88091-89-0

    1. Romance brasileiro. I. Título.

M838p   CDD B869.3

Índices para catálogo sistemático:
1. Romance brasileiro

Todos os direitos desta edição reservados à:

EDITORA REFORMATÓRIO
www.reformatorio.com.br

Para Cariño,
quem me apresentou
os melhores diálogos.
Para Carlos Felinto,
as melhores mãos
para trabalhos
em madeira.

um diário,
uma alucinação.

Apresentação

Maria Eugênia é escritora e por acaso foi minha aluna lá na psicologia. Me pediu para que escrevesse um prefácio para seu belo livro que primeiro me enviou por e-mail e que tive dificuldade em ler. Muito real, próximo da vida de muitas pessoas e da minha também. Interessante pensar que eu tenha sido chamado para prefaciá-lo, porque o livro é ficção, mas o psicanalista acabou sendo eu, que sou de verdade.

Entendo que me caiba falar algumas poucas coisas envolvendo minha área. O trabalho do luto é construção freudiana. Antes disso o luto existia, mas não era chamado de trabalho. Desde então é encontrado pelos analistas cotidianamente como um exercício constante do eu de reparação da sua relação com a realidade. Recuperação de si e do mundo, onde o desafio é a manutenção da possibilidade de ligação interessada com os outros. Conseguir realizá-lo é sinal de saúde.

Maria Eugênia Moreira

Mas o trabalho todo do luto é frustrante. Ainda por cima, a possibilidade de elaborar a culpa sentida por danos reais e imaginários causados ao objeto perdido pode se tornar um fardo insuportável.

Digo isso pois este escrito de Maria Eugênia nos traz um relato massacrante do luto de uma mãe pelo filho suicidado. Somos apresentados a seu caos interior. Por mais que ela se esforce, e as defesas obsessivas e negações e cisões são prova disso, existe agora algo no mundo que não tem conserto. É imperioso, no entanto, tentar reparar esse dano terrível sentido dentro de si. Como garantir a continuidade da existência, seja lá como for, daquele que escolheu ir embora deixando atrás de si um rastro de silêncio e lembranças partidas?

Temos acesso a vários momentos da tentativa de elaboração psíquica dessa mãe. Falarei brevemente sobre alguns deles, pois vejo importantes relações com a tradição de pensamento psicanalítica sobre o tema.

Ela sonha o suicídio que não viu, a existência do filho e seus pensamentos que levaram ao ato, constrói pedaços de narrativas que justificariam essa história que ela pegou no meio, mas

Os pares de sapato não acompanham as quedas

que testemunhou desde o início. Vivemos tudo junto com ela. Seria isso o que ele precisa dela agora? Mas quem é esse corpo, quem foi que se suicidou, quem foi que ela perdeu? O mal que foi feito permanece.

Acredito ser impossível a uma mãe — ou um pai — perder um filho sem sentir alguma espécie de culpa. Esse é o caso imaginado pela escritora. A mãe sente o ímpeto de reparar qualquer dano feito a seu filho ao longo da vida, inclusive a existência que lhe deu. Percebe com perturbadora clareza que em muitos momentos o prejudicou. Cheia de defeitos e, como todos nós, resultado de uma série de boas e más decisões, ela percebe que sua trilha pessoal inadvertidamente o prejudicou. Fez dele a testemunha de seus excessos, de sua falta de carinho, da sua agora maldita singularidade. Ele não sobreviveu à mãe que o destino lhe arranjou. Ela consegue sobreviver a si própria porque teve uma vida melhor, uma mãe mais capaz, um percurso diferente. Mas ele não teve chance.

Em certo momento de grande sensibilidade, a escritora traz o medo da personagem de que o filho a observe de um outro mundo, agora perfeitamente ciente dos pecados da mãe, transpa-

Maria Eugênia Moreira

rente a seu olhar transcendental. Vê que ela não o amou o suficiente, que foi terrivelmente imperfeita. E ainda o é, pois insiste em estar viva. A mãe expõe imaginariamente o filho ao risco iminente de desaparecer ainda uma segunda vez: morrer depois de morto. Perder o pouco que ainda possuía quando decidiu morrer e que permanece como único espólio de uma vida infeliz, isso é, a ilusão de ter tido uma boa mãe. Ela teme destruir completamente o mundo interno do filho, aquilo pouco de bondade que ele talvez tenha levado ao outro mundo. Por detrás disso parece haver a dúvida materna de se a vida dele foi mesmo real, se aquilo tudo que viveram aconteceu mesmo e foi bom.

Ela sente que precisa devolver ao filho sua integridade ferida, seus objetos, sua vida que lhe é de direito e que foi um presente dado por ela. Percebemos sua dificuldade em sentir-se suficientemente segura em seu mundo interior para conseguir evocar dentro de si experiências boas com o filho. Às vezes consegue, sente então culpa e vergonha. Não tem esse direito. O mundo está morto e o único resultado aceitável é a paralisia. Ela necessita de tempo de elaboração para aceitar suas emoções ambivalentes.

Os pares de sapato não acompanham as quedas

Sente que lhe foi retirado o direito de ser mãe, mas ao mesmo tempo precisa gestar uma nova vida para seu filho dentro de si. Junto disso, precisa do filho bem para poder se proteger do mundo ameaçador, cheio de perigosos esquecimentos. O filho volta aos pedaços, pouco a pouco, em silêncio. É tocante a forma como Maria Eugênia relata o desesperado esforço dessa mãe em reinstalar seu filho na sua vida agora que ele se foi dela para sempre.

Louvo o esforço que foi necessário para trazer à tona este relato visceral. Pode-se também aprender alguma psicanálise pela literatura e acredito ser este o caso. Agradeço a Maria Eugenia por esta oportunidade e pela confiança que tem em mim.

Ricardo Radin Bueno

CAPÍTULO ÚNICO
O diário da Mãe

É isso o que sou. Ou melhor, é isso o que eu deixei de ser: uma mãe. Uma mãe que não consegue recolher no colo o corpo do filho que cai. O meu único filho. O filho que estava naquele parapeito desde a barriga, esperando tristeza suficiente na vida para se lançar. Aconteceu e ele tinha vinte e nove anos. Era uma quarta--feira, eu tinha acabado de voltar da faculdade particular onde até então lecionava no curso de História, cansada dos alunos recém-formados no ensino médio e da energia ingênua com que eles chegavam na minha sala de aula, coisa própria da pouca idade. Eu estava tirando os potes com as sobras do almoço da geladeira — comidas que ainda hoje evito, à exceção do arroz, porque me arrancam o choro desagradável à mesa — quando o celular tocou dentro da bolsa. Era o Edison, porteiro do prédio da rua Caviúnas, a três quarteirões para baixo. Edison nos ajudou, quatro meses antes, na mudança do

17

Maria Eugênia Moreira

meu filho para o seu primeiro apartamento: era a sua primeira vez morando sozinho.

Naquela noite, quando cheguei no prédio desviando das duas viaturas e da ambulância que ainda se encontrava no local da queda (vieram duas, a outra já havia saído com o corpo do meu filho embalado em um saco plástico preto), encontrei Edison com o filhote de vira-lata no colo, filhote que Marcos adotou assim que se mudou e que chamava carinhosamente de Pidão. Enquanto morava comigo, eu dizia que não queria cachorro em casa, que arrumasse o bicho que quisesse quando tivesse sua própria casa.

Já não mais enganada com o teor amenizador da notícia — *Encontramos o Marcos caído ao lado do prédio* — e sabendo que caído significava jogado, morto, suicidado, caminhei direto para as luzes das sirenes. Edison tentava me dizer alguma coisa, sem esconder o susto e a palidez do rosto, mas ninguém saberia o que dizer à mãe do menino morto porque, diferente de quando uma notícia é dada no hospital, ali ninguém fez tudo o que podia para salvá-lo, ali ninguém sabia do seu adoecimento.

Entrei no elevador com o meu ex-marido, um perito e o zelador, e subimos os andares

Os pares de sapato não acompanham as quedas

sem dizer palavra. Na sala de estar do apartamento do meu filho, tudo encontrava-se em plena ordem: na pia, copos ainda sujos; na mesa da sala, o molho de chaves do apartamento, a chave do carro e uma nota fiscal amassada; no canto perto da porta, o pote com a ração e a água do cachorro e um guarda-chuva pendurado em um suporte de parede. Isso pareceu tão antinatural e tão ofensivo que, de súbito, passei a empurrar e a mudar os móveis de lugar no momento em que atravessei a porta, chorando aquela amputação. Eu queria gritar, eu queria morrer. Fui tirada dali pelos ombros: meu ex-marido, que até então ainda não era ex, me segurava calorosamente tentando fingir calma, mas vi quando ele caminhou até a janela escancarada da sala e a fechou sem olhar para baixo. Parecia envergonhado.

* * *

O meu casamento acabou no dia em que o meu filho se matou. Não que Marcos fosse o único impedimento do divórcio ou o único elo que mantinha a minha relação com o meu ex-marido de pé, longe disso. Mas é esse um dos gran-

Maria Eugênia Moreira

des problemas do luto: ele nunca é universal, ao contrário, é sempre extremamente individual em suas distintas maneiras. Heitor não sabia lidar com o meu luto de mãe e eu não conseguia aceitar o seu luto empedrado e quieto de pai. Não era com ele que eu conseguia conversar sobre a morte de Marcos, embora devesse ser. Não era dele que eu queria ouvir palavras de entendimento, porque no fundo eu não achava que ele me entendia: fui eu que gerei aquele filho na barriga, fui eu que dei o peito, eu que o levei no seu primeiro dia na escolinha. O umbigo daquele homem que se jogou de um prédio aos vinte e nove anos de idade era uma cicatriz daquilo que o ligava visceralmente a mim, a mãe, e não ao Heitor. Tantas vezes sonhei que ainda existia um laço umbilical que nos ligava e que através dele eu impedia o meu filho de aterrissar tão violentamente no chão. Quando eu contava esses sonhos ao Heitor, ele dizia ser bobagem, loucura, onde já se viu um *bungee jumping* grotesco desses, essa versão aterrorizante de Rapunzel e suas tranças? Ele não me entendia e o amor não aguentou.

* * *

Os pares de sapato não acompanham as quedas

Eu não sei mais o que eu sou. Quero dizer, quando uma mulher sofre a perda do marido, torna-se viúva, correto? Mas quando uma mãe perde um filho, ela vira o quê? Tem nome pra isso? Eu não sou e nunca serei uma "ex-mãe". Inclusive, alguns meses após perder Marcos comecei a sofrer com dores agudas no peito, dores na superfície da pele que tornavam torturante o simples ato de vestir um sutiã, era o mesmo que revestir o peito com agulhas ou lâminas de navalha. Heitor, com aquele jeitão dele de ser, tentou me explicar trezentas vezes o que era uma síndrome do pânico acreditando que eu estava sob ataques melancólicos. O discurso só terminou quando, em um dia de muita dor e de inchaço visível, expeli leite pelos mamilos. Aí vieram os diagnósticos de gravidez psicológica, um castigo para uma mãe que acabara de perder um filho: antes de acreditar que estava grávida, eu acreditava estar castrada para sempre. O meu corpo tornou-se estéril por tragédia. Foi quando comecei a frequentar uma analista que, Deus abençoe Sigmund Freud, desvendou essa minha aflição e esse meu comportamento físico como sendo uma espécie de tentativa de compensação materna. Com termos teóricos,

Maria Eugênia Moreira

ela me explicou que o meu corpo começou a produzir leite como um instinto materno de proteção, como uma mãe que tenta manter o seu filho vivo com a única substância que ela consegue prover para ele: o alimento, o leite. Era o meu corpo gritando a vontade de salvar o meu filho, o meu Marcos. Um instinto de proteção desesperado e, podemos dizer, atrasado em vinte e poucos anos. Eu chorava pelos seios e também pelos olhos, mas Marcos já não chamava por mim. Ainda assim, o meu corpo respondia a um "Mamãe! Mamãe!" inexistente. Quem dera o meu filho tivesse gritado o meu nome na noite em que decidiu pular da janela.

* * *

Me encontrei com o Heitor para tratar da memória de nosso filho, como fazemos todo dia 10 de junho. Marcamos de nos encontrar às 10h no botequim da rua Graça, lugar onde costumávamos nos reunir com os nossos amigos nos domingos de samba. Heitor já estava acomodado em uma mesa recostada na parede de azulejos dos anos setenta, amarelados de gordura e nicotina. Na sua frente, uma garrafa

Os pares de sapato não acompanham as quedas

de água com gás e um prato servindo pastel de Belém. Meu ex-marido, quando visto assim em um lugar banal e agindo despreocupado com a vida, é até que bonito, embora sempre parecesse muito triste e mais velho do que realmente é. Na realidade, foi isso o que me encantou à primeira vista: a feição desgastada de velho, a maturidade das rugas da testa. Heitor? Falei enquanto puxava a cadeira e pousava a bolsa no colo. Célia. Oi. Quer alguma coisa? Pedi esse pastel de nata só para não ocupar lugar sem consumir nada, Heitor disse, empurrando o prato com a sobremesa para a minha direção. Recusei o agrado e segurei a sua mão — nos amávamos, é certo, mesmo que esse amor tenha sido responsável por gerar um suicidário.

Logo que perdemos Marcos, Heitor sofreu outra grande perda: a sua mãe, católica desde sempre, culpou o filho pela alma do neto que, dentro da sua fé, não teria descanso por não ter sido batizado quando menino. Na época, o meu então marido calou-se em suas perdas e mágoas, enquanto eu chorava pelo meu filho e amaldiçoava a minha sogra. Lembro de não ter tempo nas minhas dores para pensar em Heitor nas suas, mas eu sabia que aquele homem que

Maria Eugênia Moreira

fora coroinha da igreja quando menino questionava o seu ateísmo de então, maltratando-se nas dúvidas e se perguntando se foi imprudente e mimado ao desafiar as leis do repouso no catolicismo, talvez me culpando em segredo pelo desvio religioso. Agora, após dois anos da nossa perda e do nosso divórcio, ainda enxergo a inquietação em seus olhos. No pescoço, Heitor carrega um escapulário.

Você continua emagrecendo, Célia, se continuar assim vai acabar sumindo, disse Heitor em tom de brincadeira, cuidado e temor. Temor, sempre temor, porque é assim que nos tratam, às mães de suicidas. Temem que os suicídios de nossos filhos tenham tornado nós próprias em suicidas, mãezinhas-suicidas, e não acho de todo sem razão e sem fundo de verdade. Você continua rezando, Heitor, vai incomodar Jesus Cristo, pensei em rebater, mas não disse. Ao invés disso, perguntei do trabalho e do Pidão, cão-órfão e neto que o meu ex-marido fez questão de acolher.

Conheci Heitor no meu último ano da faculdade. Estagiávamos na mesma escola — eu como professora auxiliar e ele como auxiliar administrativo. Com dois anos de namoro de-

Os pares de sapato não acompanham as quedas

cidimos casar no papel e com cinco levamos a união ao altar. Aos olhos de Deus e também aos olhos da minha sogra, dois prepotentes. Engravidei de Marcos com vinte e seis anos de idade. A gravidez foi tranquila, mas pouco celebrada. Ao invés de beijos na barriga e comemorações a cada chute do bebê, tive um marido que passou a fumar escondido no lavabo. Hoje ainda me pergunto se a tristeza que levou o meu filho a se jogar da janela teve a ver com isso, com o fato de que ele, da barriga, não ouvia vozes que o celebravam e o asseguravam do amor aqui do outro lado, no mundo.

Ficamos grande parte do encontro em silêncio, mas em comunhão, no conforto de não precisar tocar no assunto ou forçar conversas. Depois de uma hora e meia, quando já não aguentávamos mais deixar a coluna na cadeira amarela de latão do botequim, Heitor levantou desengonçado da mesa. Agradeceu pelo encontro e me desejou uma dúzia de carinhos e cuidados, os olhos baixos e tristes. E pensar que o meu filho era metade aquele homem, metade algo de mim. Levantei alguns minutos depois, acenei um meio sorriso a uma criança que passava pulando na calçada e que logo me enca-

25

Maria Eugênia Moreira

rou com suspeita: não existe um suspiro meu que não seja dor e luto. Com as crianças isso é imascarável.

* * *

A última vez que toquei no meu filho, o seu corpo ainda era quente e suava. Ele que se tornou um homem alto de ombros largos e de boa educação, que nunca perdeu o costume de se estirar no tapete da sala para ver televisão, que se tornou intolerante à lactose depois de adulto. Muitas vezes imaginei uma carta escrita por ele momentos antes, seja se explicando ou só se despedindo. Algo como "Mamãe, eu tentei. Eu tentei muito e por muito tempo. Tentei em segredo, quando ninguém mais parecia fazer tanta força para continuar aqui. Eu não fui uma criança triste, Mamãe, e nem um homem sem estima. Eu fui um apático. Eu sei que isso vai doer muito em você e no Papai, que talvez depois disso tudo se passe com maior dificuldade e que muitas perguntas surjam sem resposta, mas não se torturem na dúvida, Mamãe. Vocês fizeram tudo o que poderiam ter feito, me supriram as necessidades básicas e me cria-

Os pares de sapato não acompanham as quedas

ram sempre com amor. O buraco sempre esteve em mim, Mamãe, não importa o que vocês fizessem, ainda assim eu acabaria aqui. Eu estou com medo, mas não estou em dúvida. Espero que vocês não se ressintam sobre a nossa história enquanto uma família, porque você e o Papai não merecem esse sofrimento. O que me entristece é pensar que carregarei com a minha decisão o nome que vocês escolheram tão carinhosamente para mim. Desculpa".

Penso, ainda, na caligrafia dessa carta inexistente, nos pês de pernas longas que Marcos fazia como sua marca registrada, na sua letra A maiúscula, simples, reta e sem adereços. Marcos tinha a letra parecida com a de Heitor, redonda e meio inclinada, sempre muito legível. Letra de menina, meu pai costumava dizer para o neto. Heitor procurou por algum registro feito pelo nosso filho, algo que desse alguma pista ou algum sossego. Olhou todas as cadernetas, as agendas, folheou os livros e até fuçou no lixo que ficava sob a mesa do pequeno escritório improvisado em um dos cantos do apartamento. Nada inusual. Na agenda que encontramos no meio de suas coisas — preta, capa de couro com um "2012" grafado de branco no

Maria Eugênia Moreira

centro, básica como deve ser um caderno de compromissos — o mês de maio não havia sido preenchido, mostrando o abandono do futuro. Um suicídio planejado entraria nas anotações? Com data definida, dia do mês e horário? Não sei se o suicídio de Marcos foi ou não tramado, e não sei qual das possibilidades me apavora mais: o meu filho estruturando um plano, um fim para si mesmo, ou ele seguindo um impulso que poderia ter sido acolhido e evitado.

* * *

Posso dizer que nunca fui tão sozinha quanto como me tornei depois de perder o meu filho. As pessoas me dizem, acho que com boas intenções, para parar de pensar nessas coisas: no meu filho chorando; no meu filho descalçando os sapatos; no meu filho levantando do sofá e afastando o cachorro das canelas porque não era hora de brincar de bolinha; no meu filho abrindo a janela da sala e olhando para baixo, ou para o apartamento da frente, ou fechando os olhos; nele passando uma perna pela soleira e depois a outra, ou se apoiando de costas para o precipício e encarando a porta da própria casa

Os pares de sapato não acompanham as quedas

e nesse momento lembrando que talvez fosse bom deixá-la destrancada porque alguém precisará entrar no apartamento; nele destrancando a porta e precisando pensar nisso; nele tirando os óculos e os pousando sobre o sapato e sendo encontrado momentos depois ao lado do prédio ainda com o nariz marcado com o formato das borrachinhas que seguravam as lentes na altura dos seus olhos; no meu filho acordando naquele dia e escovando os dentes e passando o fio dental sentindo que alguma coisa mudara; nele vestindo a calça jeans e o cinto e tomando o café da manhã com o peito e as costas nuas; nele sentindo toda a culpa do mundo porque o meu filho nunca gostou de chatear ninguém; nele caindo assustado e se assustando com o barulho oco do próprio corpo. Na dor dele. No medo dele. No momento em que ele morreu de fato após a queda, coisa que o bombeiro disse ter demorado pouco menos que quatro segundos — uma média, minha senhora, mas não pense nisso, não pense nisso nunca — mas quatro segundos é coisa demais para o filho de alguém que sangra caído no chão.

Também não é raro eu gastar tempo pensando em Marcos com os seus três anos de idade

Maria Eugênia Moreira

pedindo colo na rua porque cansou as pernas com os seus passos miúdos. Ou nele sentadinho e choroso na sala da direção da escola depois de levar um tombo no intervalo e quebrar o pulso direito. Nas cartinhas que ele deixava para mim na porta do quarto e que eu deveria ter guardado, mas não guardei. No dia em que ele foi dormir fora de casa pela primeiríssima vez, na casa de um amiguinho das aulas de judô, e ligou pedindo para que eu fosse buscá-lo antes das nove horas da noite. Da primeira desilusão amorosa que fez o meu filho chorar sozinho em alguma esquina do centro da cidade — a menina, sua primeira namorada, esteve no velório. Marcos nos ombros nus do pai no carnaval de 87, Heitor com tutu e confete no cabelo todo. Marcos ouvindo música no discman que ganhou do padrinho no natal de 95. Marcos com as mãos nos bolsos da calça em todas as fotos de família. Eu e ele andando pela Galeria 12 Horas atrás de um presente para o amigo secreto da escola. Meu filho sorrindo. Meu filho chorando como todo mundo faz, até os não suicidas. Meu filho correndo. Beijando na boca. Gargalhando com os primos no andar de cima da casa. Assistindo a vitória do Brasil na Copa do Mundo de 94

Os pares de sapato não acompanham as quedas

e também na de 2002. Assistindo pela televisão o atentado às torres gêmeas em 2001. Indo ao cinema com os amigos, com as namoradas, com o pai. Meu filho de beca na formatura, o canudo na mão, o seu nome na mesa. Marcos D. Castro. Ele que se formou em uma universidade pública de São Paulo — relações internacionais. Ele que trabalhou pouco na área e preferiu ir para uma redação de revista depois que perdeu o primeiro grande emprego. O meu filho. O meu filho que deixava no canto do prato todo resquício de tomate. O meu filho que ouvia Backstreet Boys escondido dos amigos. Que torcia pro Fluminense mesmo não sendo do Rio. Que calçava 42. Que teve duas cáries quando menino e uma febre reumática perigosa. Que odiava kiwi. Que usava sempre uma fitinha da Nossa Senhora do Bonfim amarrada no tornozelo esquerdo, amarela, vermelha, verde ou azul. A barba cheia do meu filho, diferente da barba falhada do pai. O corpo moreno do meu filho nas férias de julho. Nas vezes que Marcos reclamou das minhas manias, principalmente da de roer as unhas - ele tinha asco, pavor, nojo. De Marcos fazendo "HMMMM" quando sentava na mesa para se servir. Da sua

Maria Eugênia Moreira

nuca eriçada depois de cortar o cabelo. Da sua cicatriz no cotovelo — foram 35 pontos depois de operar uma fratura decorrente de um tombo de moto — ele era o garupa. Do jeito que ele arrumava o cabelo depois de tirar o capacete. De como ele gostava de passar as unhas em superfícies de borracha. Marcos escolhendo ovo de páscoa no mercado quando ainda era criança e não alcançava a estrutura dos ovos sobre as prateleiras. Marcos grudando o rosto no aquário do consultório do pediatra, assistindo aos peixinhos. A dificuldade que ele teve de aprender os números romanos e a tabuada do sete. Ele colecionando lacres de Coca-Cola e trocando por cacarecos: chaveiros, pelúcias, adesivos, miniaturas. Vendendo votinhos de festa junina. Aprendendo a andar de bicicleta na área social do prédio do avô. Escolhendo os temas das festinhas de aniversário. Parando de fazer festa temática e prezando só pela quantidade de cerveja para os amigos. Deixando os armários abertos depois de filar o que queria. Batendo de ombros quando nos queixávamos disso, eu e o pai dele. Marcos crescendo e calçando tênis apertados, calças agarradas à canela, precisando de uma numeração maior. A época do estirão.

Os pares de sapato não acompanham as quedas

A voz descompensando antes de engrossar. Os dentes encavalados e o aparelho dentário que veio anos depois. Júlia, depois Fabi, depois Bárbara — terceira e última. Os banhos irritantemente demorados. A compulsão por chiclete. O chiado do peito porque o meu filho era asmático. O peito no chão, caído de oito andares. O chiado da queda. O meu filho com o rosto desfigurado e o chiclete ainda na boca, misturado com o sangue e a saliva quente de dor. As costelas quebradas. O braço quebrado, o mesmo da cicatriz no cotovelo. O ombro que entrou quebrando a clavícula. Ninguém querendo tocar nele. O socorrista virando o corpo com respeito e dó. A vizinha acreditando que espíritos suicidas não descansam nunca e lamentando o meu menino. A vela acesa no lugar da queda, dias depois, por algum desconhecido. O meu filho que odiava fogo, mas se emocionava com atos de compaixão.

* * *

Depois que me divorciei do Heitor, saí com dois homens em um intervalo de oito meses. O primeiro deles conheci através de uma ami-

Maria Eugênia Moreira

ga que me achava solitária demais — você não é viúva, Célia! — e dizia que um romance me faria bem, que eu precisava evitar o destino de morrer sozinha, que Marcos não iria querer isso — odeio quando falam por ele — e que eu não precisava ficar para titia. Encontrei o primeiro deles uma única vez e também para nunca mais, porque era um desses homens de meia idade que parecem galãs adolescentes cheios de libido e querendo flertar em público, coisa que já não suporto mais. O segundo, Paulo, até que me encantou, mas as nossas chances acabaram quando me perguntou sobre ter ou não filhos. Não respondi. Inventei um telefonema, levantei da mesa e fui embora sem prometer novo encontro. Heitor, por outro lado, se juntou com uma mulher mais nova que eu, crente de igreja e com um filho de oito anos. Ele perdeu o filho, mas arranjou outro pra colocar no lugar. Sem o seu sangue e sem o seu sobrenome — sem ser comigo.

* * *

Tenho em casa cópias em DVD de gravações em VHS onde o meu filho aparece sorrindo, ado-

Os pares de sapato não acompanham as quedas

lescente, cabelo caído na testa. Nas vezes que tentei recorrer a essas filmagens, buscando não esquecer o rosto dele, não suportei ouvir a sua voz gravada. Sim, uma mãe é capaz de esquecer os traços de um filho, principalmente de um filho morto. A agonia do esquecimento é a mais imperdoável de todas. E existe um problema: o fator mortis é capaz de impregnar com cheiro de mofo e de flor de velório todas as imagens e lembranças e resquícios do morto, gerando uma película de sofrimento insuportável, de contração muscular. Eu queria remover essa película à unha, como também queria o meu filho vivo e sorrindo para mim.

Fui uma mãe que vestiu a maternidade. Tudo o que pude fazer pela felicidade e pelo bom desenvolvimento do meu filho, acredito que fiz. Digo, de maneira prática: inscrevendo--o nas aulas de judô e natação, matriculando-o em uma escola cara e com valores construti-vistas, dando bons brinquedos e boas roupas, fazendo viagens que sem ele seriam muito me-lhor aproveitadas, mas nas quais fiz questão de carregá-lo. Pensei na sua alimentação, na sua educação e também no seu lazer. Recebi os seus amigos, as suas namoradas, e aguentei o

Maria Eugênia Moreira

seu cinismo adolescente. Fui, sobretudo, uma mãe feliz. Mesmo com a culpa. Mesmo na dúvida constante de estar ou não exercendo um bom papel, o que significa se questionar o tempo todo sobre estar sendo presente o suficiente, passando segurança e não medo, gerando boas memórias e um lugar de acolhimento. Eu que fui uma mãe que não deixou de trabalhar, que dividiu o seu tempo materno entre criança e emprego, que ficou entre o empoderamento e a culpa. O meu filho que com toda certeza já mentiu para mim, mentirinhas inofensivas de bom menino, e que mantinha segredos talvez não tão relevantes assim, mas aos quais eu queria ter acesso agora. Os segredos de Marcos. Eu guardei dinheiro, também em segredo, dedicado ao futuro do meu filho. Eu pensava que um dia poderia ajudá-lo a comprar a sua casa própria, a pagar o seu casamento, a bancar as fraldas e o pediatra do meu netinho — como eu queria um neto e não um vira-lata para cuidar e me ocupar com a memória de Marcos! Um neto. Uma criança com traços e trejeitos do pai, do meu filho, existindo separadamente e perpetuando também a minha criança. Menino ou menina. Ou os dois. E eu, avó, imagi-

Os pares de sapato não acompanham as quedas

na! Doeria mais ou doeria menos? Mas agora não sei o que fazer com a quantia, não tenho a quem deixá-la e não me parece cabível gastá-la comigo.

* * *

Não existe luto de um filho perdido que seja vivido com tranquilidade, mesmo naquele em que há aceitação: 1. porque se trata de um acontecimento privado da ordem natural dos acontecimentos — primeiro morrem os pais, depois morrem os filhos; 2. porque não existe luto materno e paterno desanexado de algum evento catastrófico, apocalíptico. O luto de um filho é sempre precedido de uma fatalidade abismal, de um acontecimento chocante. É uma perda tratada no silêncio, também, porque ninguém gosta de consolar alguém que perdeu o filho — não existe consolo. Quando perdemos um avô, um dos pais ou um tio por parte de mãe, ouvimos uma lista lenitiva de frases reconfortantes; quando perdemos um filho, recebemos olhares baixos e silêncio, sempre silêncio. Ninguém me falou de Deus quando perdi Marcos, todo mundo sabe que um suicídio nunca está

Maria Eugênia Moreira

nos planos d'Ele. Também não ouvi de: santos, flores, alquimia, loucura, saúde ou doença, missas de sétimo dia, casamentos de amigos próximos, comemorações de fim de ano, do primeiro aniversário de Marcos sem Marcos, da noite do Oscar, de bazares de igreja, de serviços pós sepultamento, de aulas de yoga gratuitas no parque, do chá de bebê da minha colega de trabalho que seria dali há quatro dias, do calor insuportável que têm feito no país todo, do trânsito impossível dessa cidade, das eleições municipais, do câncer causado por grãos semeados em solo poluído, do câncer causado pelos raios desse sol, do câncer causado pela palavra câncer, do resultado da biópsia que a minha irmã fez e que não apontou câncer mas que deu um baita susto. Ninguém me falou do cheiro azedo que eu exalava nos primeiros oito dias após perder o meu filho porque eu não tinha forças para tirar a tristeza do colo e levantar da cama pelo capricho da higiene básica, mas eu sabia que todo mundo sentia porque eu sentia e me incomodava também. Ninguém me falou que a foto do meu filho apareceu no jornal do bairro, sorrindo com os dentes encavalados, bonito em nota de falecimento, nem

Os pares de sapato não acompanham as quedas

de como conseguiram aquela foto que nem mesmo eu conhecia. As minhas amigas não me falaram nada, nem os meus alunos. A faculdade me mandou uma carta de lamentação e a licença de afastamento por 15 dias. Heitor me falou muito pouco, nada de significativo. A minha terapeuta também não disse muito, mas isso é técnica analítica, é como funciona a terapia. Minha mãe me perdoou. Minha irmã também, mas não traz mais minhas sobrinhas nas visitas, acho que sente culpa como se fosse exibicionista. O meu pai já morreu. O meu filho já morreu. E eu estou no caminho.

* * *

Eu fui uma criança quieta e curiosa, uma pré--adolescente descolada e maquiada com pó de arroz, uma adolescente atrevida e muito precoce nas experiências. Eu fui uma boa aluna, mas nunca uma aluna excepcional. Fui uma mulher desejada, uma mulher divertida, uma mulher trabalhadora e bem informada. Fui uma adulta vaidosa que usava batom e cuidava da pele, uma mãe que não se acabou no parto. Eu fui uma mãe normal, não exageradamente boa e nem

Maria Eugênia Moreira

excessivamente ruim, mas agora eu sou a mãe de um filho morto.

Toda noite vou dormir pensando que o meu filho continua dentro de uma tumba de pinus enterrada em um solo cheio de outras tumbas do outro lado da cidade. Enquanto a minha irmã e as tantas outras mães estão colocando os filhos na cama, cobrindo-os com lençóis e cobertas e beijando-lhes a testa para expulsar os sonhos ruins, depois checando embaixo das camas a existência de monstros e fantasmas e saindo do quarto sem fechar completamente a porta para que a luz do corredor ilumine o sono daqueles que ainda têm medo do escuro, eu deito sozinha e sem cerimônia na cama de um quarto escuro, pensando no meu filho deitado dentro de um caixão sob a terra de um terreno qualquer. Ninguém cobre o seu corpo, ninguém expulsa os fantasmas do seu túmulo, porque os fantasmas são pessoas mortas e pessoas mortas são como o meu filho. Portanto, ele não teria medo. Ele não teria medo, mas teria claustrofobia, se ainda respirasse. E desconforto em ficar sempre de barriga para cima, ele que sempre dormia de bruços, desde bebê.

Os pares de sapato não acompanham as quedas

* * *

Nunca fui uma mulher religiosa e nem entregue a espiritismos, mas ultimamente tenho tido esses pensamentos terríveis e persecutórios sobre estar à sombra de constante vigília de Marcos. Como se ele pudesse ouvir as coisas que penso e que sinto e tivesse acesso a tudo sobre mim agora que não mais existe no mundo material, no mundo dos vivos. Como se o meu passado, os meus segredos, os meus desejos e erros e todas as minhas contradições estivessem expostas ao conhecimento teso daquele que me conhecia como protetora, não como mulher. Como se Marcos agora pudesse descobrir meu jeito farsante, assistindo em retrospecto a minha vida, essa tão desinteressante, ao mesmo tempo que assiste a vida limpa e impecável — e chucra — do seu pai, que, perto da minha, talvez tenha sido mesmo mais sincera. Será que ele assiste àquelas primeiras noites que vivemos com ele em casa, depois de eu ter saído do hospital carregando-o no colo com medo, muito medo? Aquelas noites em que fui tomada por uma tristeza que me fez ter um pouco de asco do meu filho recém-nascido e me fez pensar se aquela

Maria Eugênia Moreira

criança com o seu umbiguinho preto me faria mais feliz ou me faria menos mulher. Será que agora ele sabe que pelo menos duas vezes na vida eu senti raiva verdadeiramente dele? E que em uma dessas vezes tive o sentimento claro de arrependimento — não de sentir raiva, mas de ter sido mãe? Será que agora ele me acha cruel?

* * *

O meu filho sofreu muito com dores de crescimento, seu corpo doía com a ideia de futuro, uma dor física de estirão. Eram as virilhas, as costas, os cotovelos. Madrugadas inteiras em que ele gemia de dor e eu precisava massagear suas pernas confiando no efeito rápido do Dorflex, sempre 30 gotas. Talvez ele já soubesse da queda que sofreria dali a 13 anos.

* * *

Esta noite eu sonhei que estava grávida e que sabia que o feto era um natimorto dentro de mim. No sonho eu tinha pavor da minha própria barriga e tentava convencer as pessoas de que o bebê estava na verdade morto, que era

Os pares de sapato não acompanham as quedas

urgente tirá-lo dali de dentro, que me levassem ao hospital às pressas. Lembro que toda a situação se dava em uma festa de enxoval. Eu ganhava fraldas e roupinhas de recém-nascidos e me desesperava. Heitor aparecia comemorando e abraçando os amigos, sempre a alegria da festa. No meio da algazarra e do pavor, porém, recebia de uma moça — um rosto desconhecido na vida desperta — uma tesoura de metal pesada, dessas antigas de alfaiataria. Eu entendia pelo sorriso da mulher o que era preciso ser feito. Acordei quando terminei de abrir minha barriga de grávida e, ao invés de um filho, achar um filhote de cachorro — também sem vida dentro de mim.

* * *

Quando me olho nua no espelho, vejo um corpo sem vontades. Não sinto mais desejo, não sinto mais a temperatura do meu corpo aumentando em suas dobras. Não tenho mais vaidade. Não sinto mais tesão e, se sentisse, sentiria ao mesmo tempo culpa. Eu não posso gozar porque eu tive um filho que se matou. Eu não posso mais me sensualizar e me oferecer porque

Maria Eugênia Moreira

carrego comigo a memória do funeral do meu filho. Eu não posso sentir sede, porque o meu filho se matou. Não posso bater os pés quando uma música boa toca, porque o meu filho se matou. Não posso trocar as minhas lingeries por outras rendadas, porque o meu filho se matou e por isso só uso calcinhas básicas agora. Existem coisas que eu não posso comprar no supermercado — lenços umedecidos, talco, aquele iogurte com embalagem de personagem de desenho animado e que eu adoro — para que não me perguntem se eu tenho filho, porque o meu filho se matou. Eu não posso mais sentar sozinha em um restaurante sem que me apontem e digam olha lá, aquela é a mãe cujo filho se matou. Nunca pude sair para correr porque nasci com as patelas soltas no joelho, mas agora não posso porque dirão que eu enlouqueci porque o meu filho se matou, dirão que estou fugindo porque o meu filho se matou, dirão que eu estou correndo para não pensar no meu filho que se matou, mas não dirão que eu estou correndo até cair finalmente morta de cansaço e com os joelhos para dentro pensando no meu filho que se matou, já que a existência dessa vontade eles nem imaginam.

Os pares de sapato não acompanham as quedas

* * *

Heitor me ligou, disse que precisava urgentemente me encontrar para tratar de assuntos que chamou de logísticos. Eu sei exatamente sobre qual logística ele quer tratar: o apartamento. Não o nosso, porque esse ficou comigo como acordo no divórcio. O apartamento de Marcos, ainda mobiliado e parado desde então. Já tivemos essa conversa, ou tentamos tê-la, algumas vezes, a conversa sobre o que fazer com o imóvel. Alugar ou vender. Um imóvel, mesmo que mobiliado, é desvalorizado por um suicídio acontecido no lugar, ainda que o imóvel tenha sido apenas um trampolim e a morte mesmo tenha acontecido na calçada. Imobiliárias não pegam imóveis de suicidas assim tão fácil, seria mais fácil jogar num leilão.

Eu não quero ter essa conversa, mas Heitor quer urgentemente falar disso porque, para ele, além de não ser sadio manter o apartamento, ainda tem a manutenção e os gastos com condomínio e IPTU, sem falar nas prestações a perder de vista, do financiamento. A casa do meu filho, o terror daquela janela nunca mais aberta. Nos encontraremos para um jantar hoje em

Maria Eugênia Moreira

uma casa de massas. Nossas grandes decisões são sempre tomadas assim, cercadas por comida. A decisão do divórcio veio num almoço em uma churrascaria. Alcatra ou picanha? Eu não amo mais você. Barbecue? Quero dizer, eu amo sim, mas não aguento mais isso, essa relação. Bem passado ou malpassado? O nosso passado é horroroso, mas a carne eu quero ainda mugindo, por favor.

* * *

Ficou claro na conversa que Heitor e eu estamos em estágios diferentes do desespero de lidar com a perda do nosso filho. Ele insiste em vender o apartamento, diz que para ele será impossível seguir em frente e entender que o nosso filho morreu se continuarmos mantendo o apartamento dele. Ele disse não querer nada de lá, nenhum móvel, nem um porta-retratos sequer. Ele tem agora uma nova família. Acho que é isso o que falta para que a vida dele se organize novamente: terminar de limpar a bagunça e esquecer o que aconteceu. Eu, não. Eu não suporto a ideia de tirar um bibelô que seja de dentro daquele apartamento, porque tudo

Os pares de sapato não acompanham as quedas

ali ainda é, de algum jeito, o meu filho. São as suas escolhas, as suas decisões, os seus confortos. São as suas coisas, é o que me sobra. Por isso, durante o jantar de ontem, decidi comprar de Heitor a parte dele do apartamento. Usarei aquela poupança que montei toda a vida em nome de Marcos e poderei gastar, de algum jeito, ainda com ele. Com as coisas dele. Com a casa dele. Ainda que a compra tenha a ver comigo, que seja por mim e para mim já que ele... Já que o meu filho não está mais aqui. Aquela casa existirá como um museu da existência bruta de uma falta: nas paredes, o luto; sobre as estantes, as tristezas e alegrias do meu filho, mas principalmente as tristezas; na cama não existirá nada, porque ninguém mais dormiu naquele colchão marcado pelo peso e pelo formato do corpo do meu filho, e não deixarei que ninguém troque os lençóis. Será um mausoléu das coisas vivas que o meu filho morto deixou para trás.

* * *

Com a morte do meu filho, passei a sentir que falhei com a minha mãe. Eu, com os meus cinquenta e sete anos de idade, me embaraço com

Maria Eugênia Moreira

as visitas dela como se ainda fosse uma adolescente tendo o quarto inspecionado e o armário revirado. Como se eu devesse pedir desculpas por não ter mantido vivo o meu filho da mesma maneira como ela nos mantivera, os seus três filhos, vivos até então. Me envergonho com a ignorância dela sobre o neto, com o jeito turrão de não entender os motivos pelos quais alguém como Marcos — um menino jovem e bonito e que tinha tudo para ser feliz, afinal nunca faltou comida na mesa e isso é o que importa e deveria ser o suficiente — teria para continuar triste, para levar a tristeza tão adiante. Não foram poucas as perguntas que ela fizera depois do acontecido, perguntas que eu também não sabia a resposta, o que gerou a desconfiança de que tudo tivesse sido um grande ato de desleixo e eu uma mãe puramente desleixada. A minha mãe me olhava pensando que eu tinha fracassado, eu sabia. Foram os olhares, esses apontados para mim, os mais cruéis de toda a situação: os olhares de pena; olhares de quem diz você fracassou, Célia, você não foi a mãe que deveria ter sido para o seu filho e agora estamos aqui, mas meus pêsames pela tragédia. Olhares de preocupação, de dúvida, de medo e de nojo. De raiva.

Os pares de sapato não acompanham as quedas

Foi assim que o Heitor me olhou por alguns minutos depois do telefonema, como se ele também tivesse certeza de que a culpa fosse minha.

* * *

Tenho uma fotografia de Marcos no nosso último Natal, próximo à televisão. Ele segura uma camiseta como quem hasteia uma bandeira, sorridente e alto, bem maior que a árvore de natal às suas costas. Foi o último presente que lhe dei, uma camisa básica e idiota da Hering, sem personalidade nenhuma e sem significado afetivo nenhum. Ele sorria educadamente, cúmplice da minha falta de criatividade e já habituado com os presentes ruins. Desde que Marcos parou de acreditar em Papai Noel e de escrever listas do que desejava ganhar, nunca mais acertei o presente. Talvez eu não conhecesse o meu filho, seus verdadeiros interesses e peculiaridades. Dei camisas, relógios, coisas genéricas. Ele nunca reclamou. Talvez tenha sido um homem genérico também — ou um homem contente com uma mãe de escolhas genéricas. No próximo Natal, se ainda estivesse aqui, Marcos ganharia um belo kit pós-barba

Maria Eugênia Moreira

* * *

O meu filho sempre gostou de bolinho de chuva, era a receita caseira de que mais gostava. Lembro de vê-lo sentado no sofá chupando os dedos salpicados de açúcar e canela, um copo de Nescau na mesa de centro, vidrado na televisão. Mesmo depois de crescido, não eram raras as vezes que me implorava por eles, alegando desejo e usando de olhos pidões. Talvez por falta de atenção, ainda que seguindo a mesma receita (tudo pela metade, agora que resta apenas um prato na mesa), não acerto mais o ponto da massa. O problema pode ser o fermento, o trigo, o leite. São ingredientes difíceis de reduzir. O erro pode estar em mim também. Uma mãe reduzida sem o seu filho. Uma mãe que nunca mais.

* * *

Comecei este diário porque não queria esquecer esse sofrimento. Diferente do que possam pensar aqueles que se depararem com estas páginas, nunca quis desabafar, não busquei sentir leveza ou atenuar essa aflição escrevendo

Os pares de sapato não acompanham as quedas

as coisas que escrevi. Nunca quis abrir mão da agonia instalada e cravada às marteladas em mim. O que busco é colocar na ponta do lápis essa dor ansiosa, volvê-la até encorpar. Nada me tirará esse gosto quente da boca, essa azia. Posso passar todas as minhas horas restantes falando no assunto e, quando enfim se esgotarem as palavras, ainda estarei com o susto embaixo da língua, destruída. O porém, o mas, o foi. E os meus olhos continuarão para sempre embaçados.

* * *

Evito olhar para o topo dos prédios sempre que saio na rua. Tenho a impressão de que assistirei aos corpos caindo, ao meu filho caindo, aos braços soltos no ar. Algo como aquelas fotografias de corpos voando no atentado de onze de setembro, lançados pela janela. Imagens de baixa qualidade, borradas pelo zoom e pela fumaça, e ainda assim impressionantes. Pesquisei essas imagens e imaginei ser o meu filho, aqueles pontinhos no céu identificados pelas gravatas flutuantes. Nessas fotografias o tombo parece infinito, mas o meu filho caiu por alguns pou-

Maria Eugênia Moreira

cos segundos. Foi isso o que durou a queda: quase nada. Não deu tempo de empunhar as câmeras e fotografá-lo suspenso no ar, o rosto assustado. Não sei se deu tempo de eles assistirem à queda, os passantes na rua ou vizinhos de apartamentos de andares mais baixos. Alguém no quinto andar assistindo televisão com a cortina da sala aberta, atenção no telejornal e com a impressão de ter visto alguma coisa passando pela janela. O meu filho. O meu Marcos caindo em silêncio e se espatifando no chão. Sem incêndios, sem aviões enfiados violentamente no edifício, sem fumaça e terror. Uma quarta-feira à noite, calma e quente. Nenhum registro da queda, além da mancha de sangue no chão. Se uma pessoa se lança da janela e ninguém está lá para ver e ouvir, ela se lançou mesmo? Sim. E alguém sempre liga avisando a mãe.

* * *

Um pedaço de pano velho, um boleto vencido em 2010 no valor de oitocentos e quarenta e quatro reais e cinquenta centavos, um chaveiro de Angra dos Reis: coisas que encontro no apartamento da rua Caviúnas e, com certo es-

Os pares de sapato não acompanham as quedas

forço, jogo na sacola de coisas a serem descartadas, finalmente. Um sachê de chá de hortelã vencido há pouco tempo, perdurando mais que o dono. Está aí um dos estranhamentos pós falecimento: a geladeira do morto ainda cheia, momentos depois que este já não consome mais nada. Na porta, a manteiga, o refrigerante, uma lata de atum, o ketchup e a mostarda. Tudo abandonado. Na gaveta, os perecíveis murcham: os vegetais e também a gente. Heitor se encarregou, alguns dias após o enterro, de esvaziar essas partes da casa, coisas que dariam mau cheiro. Agora eu me responsabilizo em esvaziar a casa das tranqueiras esquecidas, sem valor. Pilhas que não sei se funcionam; remédios vencidos no armário embaixo da pia do banheiro; marca-páginas nunca usados e espalhados por toda a casa; a coleção de descartáveis, hashis, guardanapos, garfos e colheres de plástico; panfletos de pizzaria, de restaurantes japoneses, de hamburguerias; canetas Bic, geralmente pretas ou azuis; manual de instruções de todos os eletrodomésticos e CDs de instalação de sei lá o quê. Achei também:

1. Um pacote de camisinhas.

2. Um cartão fidelidade de uma sorveteria, faltando um só carimbo para ganhar um milk-shake tamanho G. Entre os sabores possíveis da promoção: chocolate, morango, baunilha e menta.

3. Uma foto 3x4 de alguém que não reconheci, provavelmente um amigo.

4. Um creme para os pés (o que me arrancou gargalhadas, imaginando Marcos esfregando as solas e os vãos dos dedos com aquilo).

Entre chorinhos e risinhos, habito sozinha esse mausoléu quase todas as noites de sábado, ajeitando aos poucos nas gavetas os objetos que ainda têm o seu lugar.

* * *

É como se desde então eu continuasse habitando esse mesmo mundo, só que agora envolta em densidades gravitacionais diferentes. Como se o sangue que corre pelo meu corpo fosse mais viscoso, menos como sangue e mais como graxa escurecida e velha. Também continuo sentindo essa vergonha tesa por todos os acontecimentos da minha vida boba. Vergonha de carre-

Os pares de sapato não acompanham as quedas

gar a marca de uma maternidade incompleta, vergonha de ser mulher, vergonha de pensar e dizer as coisas que penso e digo, vergonha das minhas notícias. Tenho vergonha de ter amado o Heitor e de experimentar roupas em provadores de lojas, porque ambas as coisas me parecem ridículas agora. Vergonha de assinar o meu nome. Vergonha de marcar exames de rotina e de passar as minhas compras no crédito. Tenho vergonha de dizer que o meu filho morreu, porque ele não morreu: ele se matou. Tenho vergonha de entrar no prédio dele, de dividir o elevador com os vizinhos e de pensar que o novo porteiro me vê pelas imagens da câmera de segurança pensando tadinha, tadinha. Sinto vergonha porque sentir só tristeza seria inocente demais. Todas as minhas ocupações são sobre isso agora e não sinto mais tédio. As pessoas temem me contrariar, não questionam mais as coisas que faço e facilitam essa loucura. E nem imaginam os absurdos que já cometi, principalmente nesse apartamento. Coisas como: escovar os dentes com a escova do meu filho morto, passar o batom que encontrei no fundo do seu armário, que devia ser de uma de suas ex-namoradas, espirrar o seu perfume nas

Maria Eugênia Moreira

plantas do prédio, jogar pela janela uma foto minha recente e depois uma de Heitor e sua nova família — não pela janela da sala, de onde Marcos se jogou, mas pela janela do quarto. Quando perguntam de mim, são sempre poucas perguntas, no máximo três. E dizem "Célia, estamos preocupados, você não parece bem. Está magra demais, quieta demais, triste demais. Você precisa de ajuda, Célia. Você precisa de companhia. Você precisa seguir em frente. Precisa parar de se martirizar, de sofrer dessa maneira, de agir como viúva. Precisa se interessar de novo pelo mundo e pelas pessoas, quem sabe aprender uma nova língua e viajar. Francês. A cidade e o sol de Marselha, capital da água, do sabão e também dos refugiados. Ou um país vizinho: Bolívia, Argentina, Venezuela. Ir para o Uruguai hoje em dia sai mais barato que viajar para a Bahia! Ou passar mais tempo com as pessoas que te amam e parar de se isolar tanto assim". Elas não entendem. Como poderiam? Eu também não entenderia se não fosse comigo. Faria um esforço, sentiria o lamento, mas não seria capaz de entender o tamanho do abismo. Perder um filho e tirar férias no estrangeiro sob o pretexto de recuperar-se da perda, uma ideia

Os pares de sapato não acompanham as quedas

esdrúxula de quem acredita que uma perda dessas se equipara a perder uma tia já doente ou a falir nos negócios. Bronzear a dor em praias europeias. Gastar o meu inglês e o meu francês e o meu espanhol no velho continente. *Son & fiston & hijo; dead & mort & fallecido.* Elas não entendem: é uma placenta por dia escorrendo pelo vão das minhas pernas, todos os dias, até nunca mais.

* * *

Comecei vestindo a blusa, primeiro a gola sobre a cabeça e depois os braços adentrando as mangas. Depois vesti uma cueca e uma calça de moletom manchada próximo à bainha, número 42, e por último os sapatos. Marcos calçava 40 e eu calço 36, fazendo sobrar espaço nos dedos. Ele se jogou descalço ou de meia? De sapato não foi, eles ficaram. Agora eu me visto dele. Ando pelo apartamento imitando os seus trejeitos. Usando uma faca com a ponta aquecida na boca do fogão, fiz novos furos nos cintos que restaram para que assim fosse possível usar as suas bermudas sem que arriassem até os meus joelhos - tudo fica largo em mim, eu

Maria Eugênia Moreira

sou o vazio que não preenche as coisas do meu filho. Vesti o seu boné, o seu cachecol, a sua capa de chuva. As nossas roupas foram perdendo o cheiro de guardadas e ganhando o cheiro suave do amaciante de coco. E foram ficando gastas, com as golas esgarçadas e com o tecido amarelado nas dobras. O nosso guarda roupa está envelhecendo, filho.

Esta manhã, enquanto eu terminava de calçar os sapatos, Heitor entrou no apartamento aos berros, soltando um "Graças a Deus" ao me notar sentada na ponta do sofá. Disse que eu não deveria sumir daquela maneira, sem avisar ninguém e por tanto tempo, e logo quando ia começar o sermão sobre irresponsabilidade e egoísmo torceu o rosto e calou-se, uma expressão de medo. Célia, você está vestindo... As suas roupas... O que é isso? Você está tentando chamar atenção de quem? O que você tem na cabeça? Por que você está fazendo isso comigo, Célia? E me seguindo até o quarto, Heitor começou a dizer o quanto todos estavam preocupados comigo, que ele próprio não dormia desde segunda-feira porque eu simplesmente deixei de atender o telefone e não era mais encontrada em casa. Eu estou em casa, Heitor, eu

Os pares de sapato não acompanham as quedas

nunca saí daqui. Você ligou? O telefone deve estar com problema, não ouvi tocar. Heitor arrefeceu, ainda assombrado. Célia, você está no apartamento do Marcos, vestindo as roupas dele. Isso não é normal! O nosso filho morreu, foi bem aqui, foi por essa janela! Eu não deveria ter deixado você comprar esse lugar, você não deveria estar morando aqui! E agindo assim, feito uma louca... O que é isso?

Heitor, esse ignorante! Ele nunca me entendeu e acho que tampouco entendeu o próprio filho. Marcos está em mim, Marcos sou eu. Enquanto Heitor recolhe os vestígios dessa história e esconde toda a tragédia atrás de uma nova vida, de uma vida quase tranquila, eu mantenho os restos do acontecimento na concha das mãos para que todos vejam e para que eu não me esqueça. Porque é a única coisa que me resta fazer com esse absurdo. Porque é isso o que eu sou, é esse lugar que ocupo no mundo agora: o lugar do vazio. E no fim das contas é mesmo uma relação indivisível, a relação de uma mãe com o seu filho. Mesmo com o seu filho morto.

* * *

Maria Eugênia Moreira

Os elefantes não esquecem, assim como os amargurados. Uma afinidade tremenda com a mágoa. Me falta ainda o direito à fúria e aprendi que uma mãe sempre perdoa um filho. Afinal de contas, a responsabilidade sempre será nossa, como a morte do meu filho será também sempre a minha própria morte. A cada fio de cabelo meu que arrebenta e cai e a cada nova ruga que se forma em meu rosto, celebrarei o decesso. Serei a primeira a festejar com o anúncio daquilo que é pútrido, a primeira a louvar a decadência da própria história. Vivendo os siricuticos melancólicos e as tristezas epilépticas e jurando estar ainda de olhos abertos para o mundo, às vezes semicerrados. Agora e na hora da minha própria morte, quando finalmente terei as pálpebras costuradas e uma única expressão de sossego no rosto.

Esta obra foi composta em Absara e
impressa em papel pólen 90 g/m² para a
Editora Reformatório, em agosto de 2023.